NOTICE

SUR

LA VIE ET LES TRAVAUX

DU BARON A. DE RUBLE

PAR

HENRY THÉDENAT

PRÊTRE DE L'ORATOIRE
MEMBRE DE L'INSTITUT

LUE DANS LA SÉANCE DU 11 AOÛT 1899

(Extrait des *Comptes rendus de l'Académie des inscriptions et belles-lettres*)

PARIS

IMPRIMERIE NATIONALE

M DCCC XCIX

NOTICE

SUR

LA VIE ET LES TRAVAUX

DU BARON A. DE RUBLE

NOTICE

SUR

LA VIE ET LES TRAVAUX

DU BARON A. DE RUBLE

PAR

HENRY THÉDENAT

PRÊTRE DE L'ORATOIRE

MEMBRE DE L'INSTITUT

LUE DANS LA SÉANCE DU 11 AOÛT 1899

(Extrait des *Comptes rendus de l'Académie des inscriptions et belles-lettres*)

PARIS

IMPRIMERIE NATIONALE

M DCCC XCIX

NOTICE

SUR

LA VIE ET LES TRAVAUX

DU BARON A. DE RUBLE.

———◦◦◦———

MESSIEURS,

Les Ruble appartenaient à une noble et vieille famille de
l'Irlande. A une époque que nous ne saurions déterminer, ils
s'expatrièrent et vinrent s'établir en France, dans la partie de
la Gascogne qui forme aujourd'hui le département de Tarn-
et-Garonne. Le nom des Ruble revient plus d'une fois dans
les documents relatifs aux guerres de religion qui désolèrent
leur patrie d'adoption. Ils combattaient dans les rangs des
armées catholiques; chez eux la fidélité à Dieu et au roi fut
vraiment une vertu héréditaire, un patrimoine de famille.

Le grand-père de votre confrère, Jean-François-Anne de
Ruble, baron et seigneur de Ruble, Lamothe, le Bruka et
autres lieux, soldat comme ses ancêtres, fut, pendant plus de
vingt ans, chevau-léger du roi. Mis à la retraite peu de temps
avant la Révolution, il retourna dans son pays pour y épouser
la fille du marquis de Lomagne, ancien capitaine au régiment
de Médoc.

Son fils, Paul-Joseph-Alphonse, baron de Ruble, naquit
en 1799. Nommé chevau-léger du roi en 1814, il escorta,
en 1815, les princes jusqu'à la frontière, reprit son service
après les Cent-Jours, puis, les chevau-légers ayant été licen-

ciés, passa sept années dans le 3ᵉ régiment de chasseurs. Enfin, renonçant, jeune encore, à toutes les fonctions en même temps qu'à toute espérance politique, il se retira dans ses terres, et, le 5 juin 1832, épousa la fille du marquis Dadvizard, descendant d'une ancienne famille parlementaire du Languedoc. Pendant toute sa vie, qui se prolongea jusqu'à une vieillesse avancée, ce fut un homme d'autrefois, un gentilhomme accompli de l'ancien régime. Parfait chrétien, convaincu qu'on doit rester fidèle à son roi comme à Dieu sans aucune compromission, de mœurs irréprochables, il vécut au milieu de ses paysans, leur enseignant le bien par ses exemples plus encore que par ses conseils. Avec les anciennes traditions il avait conservé une haute idée de l'autorité du père de famille et de son pouvoir absolu; difficilement on lui aurait fait comprendre qu'une fille a le droit d'être consultée sur le choix de l'époux que son père lui destine; un fils, fût-il âgé de cinquante ans, était toujours mineur à ses yeux.

Toute l'ardeur que de nombreuses générations guerrières avaient transmise à son sang, il la dépensait, ne pouvant faire mieux, dans des chasses interminables qui étaient sa grande passion. Jusqu'aux dernières années de sa vie, après quatre-vingts ans sonnés, il partait dès l'aube, à cheval, avec sa célèbre meute de chiens bleus de Gascogne, race qu'il avait créée, courant tout le jour la grosse bête et spécialement le loup. Le soir, couvert de boue ou de poussière, suivant la saison, et de l'écume de son cheval, il rentrait. Quelques instants après, gentilhomme d'une tenue parfaite, il descendait dans son salon et recevait ses invités avec une grâce exquise.

Jamais on ne l'entendit parler de ses exploits cynégétiques. Ils étaient connus cependant, et sa réputation le fit nommer lieutenant de louveterie, charge qu'il crut pouvoir accepter. Ce fut pour les loups de Gascogne une période prospère. Comment, en effet, détruire à fond un gibier si précieux?

Les louves pleines, aussitôt reconnues, étaient signalées à la tendre sollicitude des gardes. Puis, quand les jeunes louveteaux, espoir des chasses futures, avaient vu le jour, des morceaux de viande mis en bonne place les retenaient dans la forêt natale. Les loups, qui partagent avec les autres animaux la faculté, heureusement plus rare chez l'homme, de jouir du bien présent sans en rechercher les causes, acceptaient ces avances. Un peu décimés, ils est vrai, par les chasses, mais soustraits aux battues qui les auraient anéantis, ils vécurent relativement heureux, pendant cinquante ans, sous la protection du grand louvetier de Gascogne.

Peut-être me suis-je un peu trop attardé à peindre cette curieuse figure. Mon excuse est que cet homme d'un caractère ardent et résolu, original et sympathique, fut le père du studieux et paisible historien qui eut l'honneur d'appartenir à notre Compagnie. Et d'ailleurs, si divers qu'aient été les tempéraments et les manières de vivre du père et du fils, nous pouvons cependant reconnaître chez votre confrère les traits essentiels du caractère paternel, la bonne marque des Ruble : la fidélité à toute épreuve, la fermeté et la droiture.

Joseph-Étienne-Alphonse, baron de Ruble, naquit à Toulouse le 6 janvier 1834. Dès sa tendre enfance il montra un goût prononcé pour la lecture; beaucoup plus difficilement il apprit à écrire, au point que ses parents s'en inquiétaient. Tout jeune et avant d'avoir pu comprendre ce qu'est l'amour d'une mère, à l'âge de sept ans, il eut le malheur de perdre la sienne. C'était en 1841; son père lui donna d'abord un précepteur ecclésiastique, puis, en 1845, sa dixième année accomplie, le confia à M. Villars, maître de pension à Toulouse. Le jeune Ruble travailla avec zèle, et, aux vacances des années 1846 et 1847, revint à la maison paternelle couronné de lauriers.

Au mois d'octobre de l'année 1847, son père l'envoya à Vaugirard dans une institution célèbre alors, que dirigeait l'abbé Poilou. Vers le commencement de l'Empire, au moment où le baron de Ruble achevait ses études, cette maison fut vendue par son directeur aux RR. PP. Jésuites qui l'occupent encore aujourd'hui. Les professeurs, sous la direction de l'un d'entre eux, l'abbé Lévêque, émigrèrent avec leurs élèves à Auteuil, où la maison transplantée prit racine et vécut très prospère jusqu'à la guerre de 1870. Le baron de Ruble devait rencontrer à l'Institut et à l'Académie des inscriptions plusieurs confrères comme lui anciens élèves de cette maison. Son séjour à Vaugirard fut de six années. Moins ardent au travail que dans la pension de Toulouse, il avait ses heures d'abandon, parfois un peu longues; mais alors un bon coup de collier lui faisait remonter la pente et le mettait au courant. Ses professeurs, hommes sages et expérimentés, le laissaient aller un peu à sa guise; l'un d'entre eux, M. Desprez, disait : «Jamais le petit Ruble n'est plus près de travailler que quand il est resté quelque temps sans rien faire. » Dès cette époque cependant, on remarqua chez lui une prédilection pour l'étude de l'histoire qui ne connut pas ces intermittences.

Ses études terminées, Alphonse de Ruble revint à Toulouse et, de l'année 1852 à l'année 1854, y fit son droit. Ceux qui l'ont connu pendant cette première partie de sa vie d'étudiant se souviennent qu'il fut sage, laborieux et bon camarade. Fidèle aux convictions religieuses transmises par sa famille et que l'éducation avait affermies, il s'était fait inscrire à une conférence de la Société de Saint-Vincent-de-Paul et visitait des familles pauvres. Ses distractions étaient simples comme ses goûts. Il allait un peu dans le monde où les siens avaient de nombreuses relations, assidu surtout aux réunions de famille; parfois quelques amis de son âge se réunissaient dans sa maison, ou, le dimanche, faisaient avec lui de longues promenades. Ce fut pendant ce séjour à Toulouse que commença à se manifester chez lui un goût qui devait plus tard se développer : l'amour des livres. Une partie de ses loisirs était consacrée à la recherche des éditions anciennes et bien conservées, et souvent ses économies d'étudiant restaient entre les mains des libraires et des bouquinistes. Ces distractions modestes, les cours régulièrement suivis, la préparation des examens formaient le fond de cette vie calme et sérieuse.

A l'âge de vingt et un ans, il vint se fixer à Paris et y poursuivit ses études avec l'intention d'entrer un jour dans la vie politique. Peut-être pourrait-il alors défendre par la parole les mêmes causes que ses ancêtres avaient servies par les armes. Pour se former à l'art difficile de parler en public, il se fit inscrire au barreau de Paris et devint un membre assidu des conférences d'Elvincourt et Molé. Pendant cette période de sa jeunesse, Jules Favre se l'attacha comme secrétaire ; ce ne fut pas la communauté des espérances politiques qui rapprocha le jeune stagiaire de l'éloquent avocat, mais, sans doute, le même sentiment d'opposition au gouvernement impérial. Les malheurs des années 1870 et 1871, et surtout l'ajournement indéfini de ses espérances de restauration monarchique devaient rejeter le baron de Ruble dans la vie privée.

Cette résolution n'apporta pas d'ailleurs un changement notable dans son existence; elle ne fit guère que le rendre tout entier aux études qui déjà occupaient la meilleure part de sa vie. En effet, en même temps que les conférences d'avocat, Alphonse de Ruble avait assidûment fréquenté les Archives et le département des manuscrits de la Bibliothèque nationale, recherchant tout spécialement les documents relatifs à l'histoire de la Navarre, du Béarn et de la région des Pyrénées. Dès l'année 1864, comme prélude à ses grands travaux, avait paru le premier volume des *Commentaires* et des lettres inédites de Monluc avec des notes où déjà s'annonçait l'érudition de l'éditeur. Le second volume fut publié en 1866; le troisième le suivit de près en 1867.

Le père du baron de Ruble n'approuvait pas la direction que son fils donnait à sa vie : une plume, selon lui, déparait la main d'un gentilhomme faite pour manier l'épée de combat ou, à son défaut, les armes du chasseur. Jamais l'historien récalcitrant, qui lui aussi avait sa volonté, ne s'était laissé entraîner à une seule de ses chasses. Plus tard, le vieux gentilhomme devait désarmer quelque peu, et, vers la fin de sa vie, il ne craignait pas de se montrer fier des travaux et des succès de son fils et de s'intéresser à ses livres. Mais, à ses débuts, votre confrère ne fut pas encouragé dans ses recherches historiques. Aussi ce fut pour lui un événement doublement heureux d'épouser, en 1868, Mlle Jeanne de Conantre, d'une noble maison de Champagne qui, par tradition, gardait le culte des lettres et des arts. On lisait beaucoup chez les Conantre; les revues et les livres récents y affluaient. Il y eut donc, entre l'historien et sa nouvelle famille, une complète communauté de goûts et d'idées; habitué jusque-là aux études solitaires, le baron de Ruble trouva près de sa jeune femme la sympathie du cœur et de l'esprit, l'encouragement au travail.

Bien plus, elle devint vraiment sa collaboratrice active et dévouée. Toute la vie de son mari était organisée pour l'étude; sans peine elle se plia à ses habitudes. En dehors des voyages entrepris pour dépouiller les archives de la France et de l'étranger, le baron de Ruble avait des journées absolument réglées. A Paris, après avoir passé une partie de la matinée et de l'après-midi à la Bibliothèque ou aux Archives, il rentrait chez lui vers quatre heures, classait ses notes et faisait ensuite une courte apparition au cercle de l'Union, où il était très entouré à cause de son affabilité, de sa douce gaieté, de la sûreté de son commerce; on l'y recherchait aussi beaucoup pour son érudition : son impeccable mémoire lui fournissait la réponse à toutes les questions; pas de date qu'il ne pût fournir; pas d'homme politique dont il ne sût les votes et les opinions successives; il était même en état de rendre compte des innombrables changements ministériels de notre parlementarisme agité. On avait pris l'habitude de feuilleter sa mémoire comme un dictionnaire ou comme un répertoire.

La saison d'été, qu'il passait dans son château de Ruble, était réservée au travail de la rédaction. Facilement on peut, au milieu du tumulte et des distractions de la ville, réunir et classer des notes; la paix des champs et le calme de la vie rurale sont favorables au travail de la composition. Levé de très bonne heure, le plus souvent à cinq heures, le baron de Ruble sortait, et autant que lui permettait sa santé, visitait ses fermes et ses chevaux d'élevage, dont il avait un très grand nombre. Par atavisme sans doute, ayant hérité ce goût de ses belliqueux ancêtres, il aimait les chevaux de race et s'en occupait sans aucune idée de spéculation; c'était sa seule distraction. « Il est aussi difficile, disait-il un jour à M. A. Lavergne, de faire un bon cheval que de faire un bon livre. » Il déjeunait à neuf heures, puis, après une très courte promenade dans la cour du château, se retirait pour travailler dans sa belle bibliothèque récemment construite. A quatre heures, il s'entretenait avec son régisseur ou accordait encore une demi-heure à ses chevaux, puis retournait à ses livres et à ses manuscrits jusqu'à sept heures. Après le dîner, il consacrait le reste de la soirée à sa famille, mais se couchait de très bonne heure afin de ménager ses forces pour le travail du lendemain. Ainsi s'écoulaient toutes ses journées, sans qu'une promenade extraordinaire ou une excursion en vînt rompre la monotonie. « Nous devrions, lui disait quelquefois en souriant la baronne de Ruble, nous devrions faire, au son de la cloche, tous les exercices de la journée, car nous sommes des Bénédictins; il ne me manque que la vocation. » Bénédictin. elle aussi l'était en effet, parta-

2.

geant les études de son mari et, de plus, exerçant dans le
couvent les fonctions de procureur, afin que le cher travailleur,
affranchi des soucis de la vie matérielle, même de ceux qui
sont l'apanage ordinaire des hommes, pût se donner tout
entier à la préparation de ses ouvrages.

Deux ans après le mariage du baron de Ruble, en 1870,
parut le quatrième volume des *Commentaires* et des lettres de
Monluc. Cette même année, les malheurs de la France jetèrent
le trouble dans sa vie studieuse. Il voulut s'engager; mais sa
belle-mère et la baronne de Ruble avaient pris la résolution
de se retirer à Conantre pendant la durée de la guerre. Ces
femmes courageuses et dévouées regardaient comme un devoir
de passer les temps difficiles dans leurs terres, au milieu des
paysans qui peut-être auraient besoin d'être conseillés, aidés
et secourus. Le baron de Ruble ne crut pas pouvoir les laisser
seules, dans un pays qui pouvait être envahi des premiers et
qui le fut en effet, exposées dans un château aux hasards
d'une guerre que les bons esprits prévoyaient funeste à la
France. Il les suivit donc à Conantre, et, pendant toute la
durée de l'occupation, observa, prit des notes, recueillit des
documents d'où devait sortir, en 1872, une étude sur *L'armée
et l'administration allemandes en Champagne*. La véracité, la con-
sciencieuse exactitude de l'auteur donnent un grand intérêt à
ce volume que termine un recueil d'actes officiels.

L'année même où parut cet ouvrage, le baron de Ruble
héritait la belle bibliothèque de son oncle, le comte de Lurde.
Sa passion pour les livres rares, dont nous avons signalé les
débuts chez l'étudiant de Toulouse, s'était encore accrue. Déjà
connu comme érudit, il l'était aussi comme bibliophile; plus
tard même, en janvier 1891, il devait être admis parmi les
membres très peu nombreux et très choisis de la Société des
Bibliophiles françois, que présidait alors le baron Pichon. Si
la bibliothèque léguée par le comte de Lurde ne comprenait

que 444 numéros, chacun de ces numéros était porté par un livre rare, ancien, et d'une irréprochable conservation. Les vieilles reliures étaient peu nombreuses, mais hors pair, car le moindre défaut les avait fait briser avec une sévérité qui fut souvent reprochée au comte de Lurde. Toutefois les livres habillés à neuf l'étaient par Trautz-Bauzonnet, qui se surpassait pour donner à son client préféré des spécimens uniques de son art. Le baron de Ruble témoigna sa reconnaissance de ce legs précieux en publiant, en 1873-1874 d'abord, dans le *Bulletin du Bibliophile,* et, en 1875, dans un volume tiré à soixante exemplaires et rare aujourd'hui, une *Notice biographique sur le comte de Lurde,* suivie du catalogue de sa bibliothèque. Ce fut ensuite un pieux devoir pour lui de continuer les séries de nos vieux auteurs et de compléter ainsi cette belle bibliothèque comme l'aurait complétée celui-là même qui la lui avait léguée.

L'Exposition universelle de 1878 approchait. Parmi les merveilles réunies pour former la section de l'Art ancien au Trocadéro devait figurer une collection de livres et de manuscrits. Le baron de Ruble fut désigné pour la préparer. Sa réputation de bibliophile, la belle bibliothèque qu'il possédait, indépendamment de sa bibliothèque de travail, ses connaissances spéciales le désignaient pour cette charge. Il s'en acquitta avec un plein succès, et, afin de conserver un souvenir de ces belles œuvres momentanément rapprochées pour être de nouveau dispersées, donna, en 1879, une *Notice des principaux manuscrits et imprimés qui ont fait partie de l'exposition de l'art ancien au Trocadéro,* œuvre d'artiste et d'érudit que nous nous garderons de confondre avec un catalogue.

Au point où nous sommes arrivés, près de quinze ans se sont écoulés depuis que le baron de Ruble a édité le tome Ier des *Commentaires et lettres de Blaise de Monluc.* Pendant cette longue période, aucune œuvre originale, aucun volume d'histoire n'a paru sous son nom. C'est que l'histoire, faite ou renouvelée d'après les correspondances secrètes et les documents inédits, exige de longues années de recherches et de travail ignoré; pendant ces quinze années, votre confrère s'y était attaché avec persévérance. Il avait dépouillé consciencieusement les archives du Béarn, de Simancas, de Pau, de Paris, de Bruxelles, de Dusseldorf, de Saint-Pétersbourg, se composant ainsi des archives personnelles, classées avec un ordre parfait, que la mort ne lui a pas laissé le temps de mettre complètement en œuvre, et qui seraient précieuses pour une bibliothèque comme celle de l'Institut. Le premier résultat de cette laborieuse et patiente préparation fut le volume intitulé *Le mariage de Jeanne d'Albret*, qui parut en 1877.

Cette même année, l'édition de *Monluc* étant achevée depuis 1872, le baron de Ruble commençait la publication des *Mémoires inédits de la Huguerye*. Monluc était, par excellence, l'homme de guerre intrépide, prompt aux surprises, hardi aux coups de main; Michel de la Huguerye au contraire fut un de ces secrétaires obscurs, dont le nom reste presque inconnu, qui agissent dans les coulisses de l'histoire sans jamais paraître sur la scène. Pendant que les Monluc combattent, ils prennent part aux conférences, sont initiés aux plus profonds secrets diplomatiques, rédigent les lettres et préparent les traités, plus influents que les hommes d'action, parce que l'intimité de leurs fonctions leur permet de convertir à leur dessein l'esprit du maître. On comprend qu'il soit intéressant de recueillir les souvenirs d'un réformé qui a vu les dessous de la politique et dont les récits éclairent un grand nombre de faits mal connus, notamment les invasions allemandes en France sous Henri III. Les *Commentaires de Monluc* sont donc heureusement complétés par les *Mémoires de la Huguerye*. Cette dernière publication fut achevée en quatre ans, le troisième et dernier volume ayant été édité en l'année 1880.

L'année suivante, 1881, le baron de Ruble donnait le tome Ier de son second ouvrage historique : *Antoine de Bourbon et Jeanne d'Albret*, suite de *Le mariage de Jeanne d'Albret*. Ses documents avaient été longuement réunis et collationnés; le travail de la composition en était allégé d'autant, et les trois autres volumes se succédèrent rapidement, de l'année 1882 à l'année 1886.

En 1886 également, votre confrère, fidèle à son principe que la première condition pour bien écrire l'histoire est d'étudier à fond les auteurs et les documents contemporains, commença la publication d'une nouvelle édition de l'*Histoire universelle d'Agrippa d'Aubigné*. Des notes et des appendices pleins d'érudition font de cet ouvrage un excellent instrument de travail. Le neuvième et dernier volume, — sauf les tables, — parut en 1897 en même temps que le tome Ier d'un troisième ouvrage historique : *Jeanne d'Albret et la guerre civile*, suite de *Antoine de Bourbon et Jeanne d'Albret*.

Tout en écrivant ces ouvrages de longue haleine, le baron de Ruble, dans des monographies, traitait avec plus de développements des sujets particuliers d'après des documents nouveaux qu'il n'aurait pas pu utiliser sans rompre l'harmonie de ses livres. C'est ainsi qu'en 1889, il avait consacré au traité de Cateau-Cambrésis un volume de plus de 300 pages. Ce traité, sur lequel vécut l'Europe jusqu'au traité de Westphalie, a été sévèrement jugé; on l'a reproché à Henri II comme une défection, presque comme une trahison. L'historien, le soumettant à une étude très documentée et très pénétrante, arrive à cette conclusion que ce traité si décrié fut favorable à tous : à l'Espagne, à la plus grande partie de l'Italie, à l'Angleterre et surtout à la France, qui lui dut Calais, Metz, Toul et Verdun, le protectorat de la Lorraine, la délimitation des provinces du Nord, une décisive impulsion vers l'unité nationale; c'est, dit l'auteur, le plus grand bienfait qu'Henri II ait légué à son peuple. En 1888 parurent, dans les *Mémoires de la Société des Antiquaires du Centre*, les *Documents inédits sur la guerre civile de 1562 en Berry*, et, en 1890, dans les *Mémoires de la Société de l'histoire de Paris et de l'Île-de-France*, la belle et impartiale étude sur *Le Colloque de Poissy*.

Parfois[7] ces monographies, d'un intérêt moins général, avaient trait à un fait intéressant, à un personnage isolé. C'est ainsi que, dans *Le duc de Nemours et Mademoiselle de Rohan*, le baron de Ruble raconte un triste et curieux épisode, où sont peintes, sous un jour peu favorable, les mœurs de la cour d'Henri II; *La première jeunesse de Marie Stuart* abonde en renseignements nouveaux sur les jeunes princes qui furent plus tard François II, Charles IX et Henri III, sur les temps heureux et peu connus que Marie Stuart passa à la cour des Valois, jusqu'au jour où elle quitta, pour n'y plus revenir, le plaisant pays de France.

Mais revenons aux grands travaux historiques de votre confrère. On lui a reproché de n'avoir pas écrit une grande et large histoire, mais seulement des monographies. Les titres modestes choisis par l'auteur semblent, en effet, à première vue, autoriser ce reproche : *Le mariage de Jeanne d'Albret*, — *Antoine de Bourbon et Jeanne d'Albret*, — *Jeanne d'Albret et la guerre civile*. Si les titres sont modestes, les sujets sont grands, car l'histoire racontée n'est pas celle d'un prince ou d'une princesse, mais l'histoire de la France; j'ajouterai aussi qu'une lecture superficielle de l'œuvre du baron de Ruble suffirait pour convaincre ces critiques que les titres mêmes de cette grande histoire étaient bien choisis.

Il est difficile d'analyser ici les six volumes historiques du baron de Ruble; nous nous étendrons un peu longuement sur le premier seulement : *Le mariage de Jeanne d'Albret*; nous pourrons ensuite rendre compte de la méthode de l'auteur.

Le mariage de Jeanne d'Albret, c'est l'histoire diplomatique de l'Europe pendant quinze ans. Cet événement en apparence peu important, — le mariage de l'héritière d'un État minuscule dont une part même est déjà conquise, — met aux prises les rivalités de François Ier et de Charles-Quint, toutes les ressources, toutes les ruses de leur politique. Si Jeanne épouse l'infant d'Espagne, le futur Philippe II, la possession définitive de la Navarre et le Béarn sont assurés à l'Espagne; c'est aussi, du côté de l'Espagne, la route ouverte pour l'invasion de la Guyenne. Que Jeanne, au contraire, épouse un prince français ou soumis à l'influence de François Ier, c'est, entre les mains du roi de France, un poste avancé qui domine la Castille. Jouet de la politique de ses deux puissants voisins, le roi de Navarre oscille de l'un à l'autre. La pensée que sa fille épousant l'infant d'Espagne serait un jour souveraine des deux mondes l'éblouit; mais aussi il ne peut se détacher de l'espoir de recouvrer par l'aide et l'amitié du roi de France, son beau-frère, la Navarre dont l'a injustement dépouillé Ferdinand le Catholique et que retient, non sans remords, l'empereur Charles-Quint. Suivant qu'il se laisse enlacer par les belles promesses de François Ier ou s'en dégage, il se rejette vers la France ou vers l'Espagne. Mais François Ier ne tiendra pas ses promesses; le regard toujours fixé sur le Milanais qu'il espère obtenir pacifiquement de l'Espagne, il ne veut pas s'engager à fond contre Charles-Quint. Et alors les intrigues dont le baron de Ruble a saisi le mystère dans les correspondances secrètes se croisent et s'enchevêtrent; des messagers louches, qui paraissent trahir tout le monde, tant les documents nous les montrent investis de la confiance des deux partis, vont de l'un à l'autre. La guerre cependant devient imminente; Paul III la prévient, ou plutôt la retarde, en amenant Charles-Quint et François Ier à conclure à Nice une trêve de dix ans. Mais le mariage de Jeanne d'Albret n'en reste pas moins la clef de voûte où s'appuie l'équilibre de l'Europe. Les intrigues en effet continuent malgré la trêve. Elles se poursuivent pendant que Charles-Quint, accueilli par son rival avec un faste qu'il ne peut égaler, traverse toute la France du sud au nord; elles redoublent quand il se décide enfin à demander à François Ier la main de sa nièce pour l'infant d'Espagne. Le roi de France n'ose pas opposer un refus formel et cherche à gagner du temps; il entre en pourparlers secrets avec le duc de Clèves, récent héritier du duché de Gueldre, et lui offre d'épouser Jeanne. Henri II d'Albret se résigne à ce nouveau projet de mariage, car, une fois encore, François Ier lui promet la conquête de la Navarre; mais bientôt, se sentant trompé, il ourdit avec l'Espagne un véritable complot qui ne tend à rien moins qu'à enlever sa fille, par force, de la cour de France, pour la transporter en lieu sûr, soit sur la flotte impériale, soit dans les Pays-Bas. Quant au duc de Clèves, après avoir répondu aux avances de François Ier et demandé la main de Jeanne, il fait encore des démarches secrètes pour obtenir en mariage une fille ou une nièce de Charles-Quint. Repoussé, il revient résolument à ses traditions de famille, c'est-à-dire à l'alliance française. Le mariage est conclu malgré l'opposition de Jeanne, à un moment où, sur tous les points, l'horizon est sombre et menaçant. Soliman, secrètement encouragé par François Ier, menace d'envahir la Hongrie et de pénétrer jusqu'au cœur de l'Allemagne que déchirent les luttes entre catholiques et luthériens; la République de Florence est agitée par des émissaires français; Henri VIII complique encore la situation en menaçant du divorce la sœur du duc de Clèves qu'il trouve trop laide; quant à l'Espagne et à la France, le mariage équivalait à une déclaration de guerre. C'est le duc de Clèves qui en est la première victime. Lorsque ses meilleures places fortes sont aux mains des Impériaux, il implore son pardon, puis, l'ayant obtenu, reprend son ancien projet d'épouser une princesse d'Espagne. En même temps la paix entre Charles-Quint et François Ier est conclue sur les bases du traité de Nice. A cause de la jeunesse de Jeanne, âgée seulement de treize ans, le mariage du duc de Clèves n'avait pas été consommé; chaque fois qu'il avait réclamé sa femme, on avait refusé de la lui envoyer, et elle-même se disait mariée par contrainte. L'annulation pouvait donc être poursuivie en cour de Rome. Jamais d'ailleurs défaut de consentement ne fut plus facile à établir; voici les faits allégués à l'appui : Jeanne, dès les premiers bruits du mariage, écrit, en la faisant contresigner par des témoins, une protestation que, plusieurs fois, elle devait renouveler; dans une longue entrevue elle tint tête au roi de France son oncle, lui concédant que le duc de Clèves a toutes les vertus, mais qu'elle ne veut point l'épouser; le cardinal de Tournon, le maréchal Annebaut, envoyés près d'elle, n'ont pas plus de succès; on lui dit qu'elle sera cause de la perte de ses père et mère; elle est « fessée et maltraitée » au point qu'elle croyait « qu'on la ferait mourir »; c'est l'occasion d'une nouvelle protestation : « Je ne sais à quy avoir recours que à Dieu, quand je vois que mes père et mère m'ont délaissé, lesquels sçavent bien ce que je leur ay dict et que jamais n'aymeroie le duc de Clèves et n'en veulx point. » Le matin même du mariage, dernière protestation contresignée par des témoins. Soit qu'elle fût accablée sous le poids de sa toilette chargée de broderies d'or, soit plutôt pour protester jusqu'à la fin, dans l'église elle refuse d'avancer. François Ier donne au connétable de Montmorency, qui voit dans cette vilaine commission le présage de sa disgrâce, l'ordre « de prendre sa petite niepce au col et de la porter à l'autel ». Cette enfant de treize ans fit preuve d'une énergie qu'on admirerait chez un homme, d'une habileté qu'envierait un vieux diplomate rompu aux affaires. Faut-il supposer que ceux-là mêmes qui la contraignirent la laissèrent protester, toute précaution étant bonne

à prendre en vue de l'avenir incertain? On n'en a aucun in-
dice, si ce n'est le manque habituel de franchise dans la politique de ce temps-là.

Jeanne ne fit aucune opposition à la demande du duc de
Clèves et même envoya une déclaration attestant qu'elle n'avait
pas été libre. La cour de Rome ne pouvait que prononcer
l'annulation. Vers le même temps, l'infant d'Espagne, qui
s'était marié dans l'intervalle, recouvrait aussi sa liberté par
le veuvage. C'était la même situation qu'auparavant, avec les
mêmes intrigues. Nous ne nous attarderons plus à les suivre.
François Ier était mort. En même temps qu'il héritait le
royaume troublé, Henri II assumait aussi la tâche difficile de
marier Jeanne. Ce fut encore la France qui l'emporta. Henri II,
à l'instigation de la duchesse de Valentinois, Diane de Poitiers,
toute-puissante sur son esprit, offrit à Jeanne la main de
François de Lorraine, comte et bientôt duc d'Aumale; mais
le frère de François, Claude, marquis de Mayenne, devait
prochainement épouser la fille de Diane, Louise de Brézé,
qui avait une charge à la cour. « Voudriez-vous, Monseigneur,
répondit Jeanne au roi, que celle qui me doit porter la queue
fût ma belle-sœur, et que la fille de Mme de Valentinois vînt
à me côtoyer? » Henri II ne crut pas prudent d'insister, et
Jeanne épousa celui qu'elle désirait, celui qu'elle aima jusqu'à
la fin, malgré tout, Antoine de Bourbon.

Elle avait mal placé son cœur, et son bonheur fut court.
La volonté faible et versatile d'Antoine de Bourbon, le manque
d'harmonie dans les traits essentiels du caractère, les dissi-
dences religieuses séparèrent bientôt les deux époux. Antoine
de Bourbon fut un roi sans dignité, se perdant dans des intrigues viles et maladroites qui échouaient misérablement.
Sans fermeté et sans conscience, il fut tour à tour, suivant les
circonstances, catholique ou huguenot, poursuivant, quand il
fut fait lieutenant général du royaume, ses frères de la veille.

les réformés, avec la même ardeur qu'il avait mise à les soutenir; assidu au prêche à Pau et à la Rochelle, il se gardait de
manquer la messe à Paris. Pour que sa mort fût semblable à
sa vie, assiégeant Rouen à la tête de l'armée du roi de France,
il reçut, catholique, une arquebusade dont, quelques jours
après, il mourut protestant. Il ne fut grand et brave que sur
les champs de bataille, car il sortait d'une bonne race et avait
du vrai sang français plein les veines.

Chez Jeanne, au contraire, le trait distinctif du caractère
fut une exceptionnelle vigueur de volonté, une inébranlable
fermeté dans ses opinions. Elle était fille de Marguerite de Valois, cette charmante sœur de François Ier, « la perle des perles,
la marguerite des marguerites », disaient ses contemporains;
« le pur élixir des Valois », a écrit Michelet. Jeanne avait reçu
en héritage la grâce et l'esprit de sa mère, et, comme elle, fit
des vers malheureusement perdus. Les poètes contemporains
la comparaient à Marguerite :

> La Marguerite est la céleste aurore
> Qui saintement ce monde emperle et dore
> Et de la France ainsi le nom décore,
> . . . .
> A cette fin que vous, princesse illustre,
> Estant miroir de sa royale image,
> Soyez aussi l'image de sa gloire.

Mais les difficultés auxquelles elle se heurta dès son enfance,
l'état habituel de lutte où elle vécut presque aussitôt après son
mariage, la nécessité de soutenir, puis de diriger la guerre
civile, développèrent chez elle, au détriment des qualités plus
charmantes dont elle avait été abondamment pourvue, l'énergie
virile. Sur le portrait authentique que l'on a conservé d'elle,
les traits sont fins et délicats, mais la douceur manque au regard; l'exercice habituel de la volonté a serré les lèvres amin-
cies : c'est bien celle qu'Agrippa d'Aubigné dit être « une prin-

cesse n'ayant de la femme que le sexe, l'âme entière ès choses viriles, l'esprit puissant aux grandes affaires, le cœur invincible ès adversités ».

D'abord timide protectrice de la Réforme, elle ne garda plus de mesure après la mort de François II. Restée seule en Béarn, le jour de Noël de l'année 1560, elle embrassa solennellement le calvinisme et participa à la cène. Plusieurs de ses coreligionnaires et sujets ayant brisé les croix et les saintes images, elle ne les punit pas, mais les blâma cependant, leur disant : « Telles choses devoir être faictes par les rois et les princes, non par des particuliers. » « Dès ce jour, dit le baron de Ruble, elle donna son appui aux ministres, sans respect des droits acquis ni des aspirations les plus légitimes de ses sujets. Vexations, abus de pouvoir, contraintes aux personnes, prodigalités onéreuses pour le trésor public, elle commit les excès que l'emportement et la toute-puissance peuvent suggérer aux princes. L'histoire doit être sévère pour une grande reine supérieure, par l'élévation de ses sentiments, au plus grand nombre de ses contemporains. »

C'est par elle que, pendant dix ans, du 1er avril 1562 au 9 juin 1572, se soutient la guerre civile. Reine, elle abandonne son royaume aux plus dangereux hasards; mère, elle arme la main de son fils encore enfant et l'envoie sur les champs de bataille. « L'histoire de la Réforme en France gravite autour d'elle. Dans les grandes déterminations de ses coreligionnaires, on reconnaît son inspiration vibrante, sa décision, sa constance inébranlable. Condé, Coligny sont de braves capitaines, des instruments utiles, des conseillers écoutés à leur heure ; Jeanne d'Albret est l'âme du parti ; c'est elle qui prépare la guerre, qui exalte les courages, qui donne le signal de la reprise des armes. » Elle n'est pas abattue par la défaite de Dreux. Commencée sans son aveu, la seconde guerre civile ne dure pas. Elle ressaisit, après l'inutile paix de Longjumeau,

la direction du parti protestant. Ni l'échec du prince de Condé
à Jarnac, ni sa mort, ni la défaite de Coligny à Moncontour
ne fléchissent son courage; seule, mettant son fils à la tête des
vaincus, elle prolonge jusqu'au 8 août 1570 cette guerre dé-
sastreuse.

Tels sont les faits que, dans ses six volumes, raconte le
baron de Ruble, jusqu'à la paix d'Amboise, époque à laquelle
la mort interrompit son œuvre. C'est bien véritablement de la
grande histoire, de l'histoire générale. Si ses livres ne portent
comme titres que les noms de Jeanne d'Albret et d'Antoine de
Bourbon, c'est parce que, autour de ces deux personnages,
évolue toute l'histoire de France à cette époque : la rivalité de
François Ier et de Charles-Quint et les guerres de religion.
Loin de blâmer l'historien, il faut louer l'art avec lequel il sait
fixer le personnage important, le fait central, et en faire
comme le pivot de son récit.

Reconstituant à l'aide de documents inédits l'histoire d'un
temps de luttes et d'intrigues, il fait sienne cette maxime de
La Rochefoucauld, que « pour bien savoir les choses il faut en
savoir le détail ». Dans le discours qu'il prononça en 1891
comme président de la Société de l'histoire de Paris et de l'Île-
de-France, il expose nettement sa théorie sur la nécessité de
remonter aux sources, de recourir à l'inédit, « d'étudier minu-
tieusement un fait avant de le raconter ». Ses recherches terminées, ses matériaux bien réunis et bien classés, il expose
simplement les événements, au jour le jour, débrouillant l'éche-
veau compliqué des intrigues diplomatiques et trouvant, pour
ne plus le perdre, le fil conducteur. Il connaît les motifs secrets des choses, pénètre les intentions, arrache les masques.
Avec un art fait de simplicité, il conduit son lecteur, sans
jamais l'égarer, sur les terrains les plus divers; l'unité de l'œuvre
ne souffre ni de l'abondance ni de la variété des sources. Chaque
événement a le relief qui lui convient, chaque récit sa propor-

tion juste. L'auteur ne dramatise pas, il ne s'adresse ni aux nerfs ni à l'imagination ; lui-même intervient le moins possible ; et cependant on est ému, on s'intéresse passionnément aux choses qu'il raconte, parce qu'on vit avec ses personnages, parce qu'on les comprend, parce que, en lisant leur historien, on est de leur temps.

Apprécier les hommes et leurs actes avec la connaissance du temps où ils ont vécu, des difficultés auxquelles ils se sont heurtés, des passions qui les ont agités, c'est une des grandes préoccupations du baron de Ruble ; c'est aussi la cause principale de l'esprit de justice, de la sereine impartialité qu'on admire dans ses œuvres historiques. Il se croyait investi d'une magistrature : « L'histoire, a-t-il dit dans le discours que nous venons de citer, l'histoire est un procès sujet à revision ; l'historien tient les balances de la justice ; les acteurs du drame sont assis au banc des accusés ; les documents originaux sont les témoignages. Le premier devoir du juge est de pousser l'instruction aux dernières limites ; son plus grand mérite est l'équité ; son droit est d'étaler ses preuves. » Tout à l'heure, nous l'avons vu sévère pour Jeanne d'Albret ; ailleurs, il ne manque pas d'indiquer les causes qui, sans toujours excuser sa conduite, l'expliquent : les fautes par lesquelles ses ennemis la poussaient de plus en plus, et sans retour possible, vers la Réforme ; les efforts pour détacher d'elle ce mari qu'elle s'obstinait à aimer ; les rivales introduites au foyer domestique ; les mesures prises pour lui enlever son fils, la jeter en prison, la répudier ; l'envoi d'un agent chargé de soudoyer en Béarn la révolte et la trahison ; les basses intrigues qui blessaient sa droiture native ; les manquements à la foi jurée. Il rend justice à l'élévation de ses sentiments ; il la loue d'avoir, dans ses Mémoires, épargné le souvenir d'un mari dont, cependant, elle avait tant à se plaindre, d'être restée étrangère aux sombres machinations de la politique de son temps, et surtout de n'avoir jamais versé le sang pour des motifs religieux ailleurs que sur les champs de bataille. Tandis qu'en France, en Espagne, en Angleterre, en Italie, en Allemagne, dans les républiques de Suisse et des Pays-Bas, des échafauds sont dressés par la Réforme victorieuse ou contre elle, jamais la mère de notre Henri IV n'a ordonné le supplice d'un dissident.

On rencontre la même justice, le même souci de la vérité, dans ce portrait que l'historien trace de Monluc : « Dans ces temps de trouble, lorsque l'énergie humaine était doublée par la fureur de la guerre civile, les grands caractères, emportés par des passions violentes, passaient promptement d'un extrême à l'autre. Montmorency, Coligny, Henri IV lui-même payèrent leur tribut aux mœurs de leur siècle. Serait-il juste néanmoins d'oublier les services de ces grands hommes et de flétrir leur mémoire pour leurs excès? Monluc, terrible pour les Huguenots pendant la guerre, se montra leur défenseur pendant la paix. Cet homme, qu'on représentait comme sans pitié, blâmait la Saint-Barthélemy et conseillait au roi la tolérance religieuse. Ces contrastes se dessinent nettement dans les *Commentaires*, mais c'est surtout dans ses lettres que se révèle un Monluc ondoyant et divers, tour à tour impitoyable et humain, violent et mesuré, fougueux et sage, cruel jusqu'à l'excès, modéré jusqu'à la clémence, que nous croyons être le vrai Monluc. »

Telles furent les qualités de l'historien. Quant à l'homme privé, les principaux traits de son caractère ont été suffisamment indiqués çà et là dans la première partie de cette notice : la droiture, l'aménité, la douceur et la fermeté. Sa bonté était très grande. Il servit de père à ses neveux. Ce travailleur qui connaissait si bien le prix du temps, qui avait organisé toute sa vie pour en distraire le moins possible, le dépensait sans compter dès qu'il s'agissait de rendre un service.

Modeste et très simple de manières, il acceptait sans aucune susceptibilité les critiques de ses livres, ne croyant pas à la malveillance, toujours prêt à exprimer sa reconnaissance. Lui-même faisait imprimer ses ouvrages et les mettait en dépôt chez des libraires, puis ne s'en occupait plus, perdant ainsi le bénéfice de cette réclame qui contribue à établir la réputation des livres et met leur éloge dans la bouche des gens qui ne les ont pas lus. Mais il n'en avait cure. Peu lui importait de n'être pas connu autant qu'il aurait pu, qu'il aurait dû l'être, de ce qu'on appelle le grand public. Il tenait à l'estime du petit nombre, de ceux qui le lisaient et pouvaient l'apprécier; les récompenses qu'il obtint pendant sa vie, les témoignages qui lui furent rendus après sa mort prouvent qu'elle lui était acquise [1].

Un peu tard, comme il arrive aux modestes, les honneurs vinrent le trouver; mais ils n'en eurent que plus de prix et de saveur. Il fut président de presque toutes les sociétés savantes dont il faisait partie [2]. L'Académie des inscriptions et belles-lettres lui décerna, en 1887, le prix Gobert, préludant ainsi au vote par lequel elle devait, le 21 janvier 1896, l'élire membre libre en remplacement de M. Henri de la Villemarqué.

L'année qui suivit fut la dernière de sa vie. Sa santé s'affaiblissait. Ceux qui l'aimaient et le voyaient de près, la baronne

[1] Voir les paroles prononcées par M. Longnon, au nom de l'Académie des inscriptions et belles-lettres; le comte Baguenault de Puchesse, au nom de la Société de l'histoire de France et de la Société de l'histoire de Paris et de l'Île-de-France; le duc de Broglie, à la Société d'histoire diplomatique; les notices de M. A. Lavergne, vice-président de la Société historique de Gascogne, et de M. A. de Claye (d'Eylac), en tête du *Catalogue de la bibliothèque du baron de Ruble.*

[2] Le baron de Ruble appartenait aux sociétés suivantes : Société des anciens textes français; Société des Bibliophiles françois; Société d'histoire diplomatique; Société de l'histoire de France; Société de l'histoire de Paris et de l'Île-de-France; Société historique de Gascogne; Société archéologique de Tarn-et-Garonne; Société des Antiquaires du Centre.

de Ruble surtout, avec la claire vue de l'affection, ne se faisaient pas d'illusion. Les autres s'y trompaient. Comment se résoudre à croire prochaine la mort d'un auteur dont l'activité intellectuelle demeurait si vive? Cette année 1897 fut en effet très féconde : elle vit paraître le tome IX de l'*Histoire universelle* d'Agrippa d'Aubigné, le tome Ier de *Jeanne d'Albret et la guerre civile,* et *L'assassinat de François de Lorraine duc de Guise.* Ce volume, le dernier qu'écrivit votre confrère, se termine par ces lignes qui sont comme son testament d'historien : «Les réformés accusaient le duc de Guise d'avoir ouvert les hostilités au commencement de 1562 par le massacre de Vassy; moins d'un an après, Poltrot de Méré venge les victimes de Vassy. Les Guises accusent l'amiral de complicité dans l'attentat de Poltrot, et la reine refuse de laisser juger le procès; ils se vengent eux-mêmes à la Saint-Barthélemy. La série criminelle ne s'arrête pas en 1572. Le 23 décembre 1588, à Blois, Henri de Guise est assassiné par ordre d'Henri III. Le 1er août suivant Henri III est poignardé par un sectaire du parti lorrain. L'histoire est une chaîne dont les anneaux se tiennent par une soudure infrangible. Les violences amènent des violences; les crimes appellent des crimes; le sang attire le sang. C'est la loi du talion. Plaise au ciel que ce récit rappelle cette loi inéluctable aux Français du xixe siècle, qui vivent dans un temps aussi troublé que la seconde moitié du xvie. »

Au commencement du mois de janvier de l'année 1898, un refroidissement contraignit le baron de Ruble à s'aliter. Très rapidement l'état devint grave. Quand parut au seuil de sa chambre de malade cette dernière visiteuse que tous nous attendons avec une crainte mystérieuse, il lui fit un doux et confiant accueil. Avec cette grande foi chrétienne qui n'avait jamais subi d'éclipse en lui, avec cette conscience qu'il avait apportée à ses travaux et à toutes les actions de sa vie, il s'ac-

quitta de ses derniers devoirs et se prépara à paraître devant
Dieu. « Oh ! mon cher abbé, dit-il au prêtre ami qui venait de
l'assister, que je vous remercie ! » Puis il prononça cette parole
qui revint souvent sur ses lèvres pendant les heures qui lui
restaient à vivre : « Que je suis heureux ! » Tout cependant lui
souriait dans la vie qu'il abandonnait : il n'avait pas encore at-
teint un âge avancé ; celle qui, depuis trente ans, partageait sa
vie et ses travaux était près de lui ; son œuvre historique, qu'il
avait l'intention de pousser jusqu'à l'avènement d'Henri IV, at-
tendait qu'il y mît la dernière main, et le long et pénible travail
des recherches était terminé ; sa vie, exempte de soucis, était
tout entière à l'étude ; élu depuis moins de deux ans membre
de l'Académie, il en jouissait profondément, non par les petits
côtés de la vanité auxquels il n'était guère accessible, mais —
lui-même me l'a dit pendant la seule visite que j'eus l'honneur
de lui faire — par le charme de ces réunions hebdomadaires
où des hommes qui s'estiment, séparés souvent par la diversité
des croyances et des opinions ou par les circonstances de la vie,
sont heureux de se rencontrer dans la recherche désintéressée
du vrai, sur le terrain neutre de la bonne fraternité scienti-
fique. La maladie n'avait pas affaibli son intelligence ; avec
une complète lucidité il se rendait compte du passé et du présent, et cependant, se voyant mourir, il répétait : « Que je
suis heureux ! » Il l'était en effet ; son âme s'était orientée sans
effort vers la rive prochaine que sa foi lui montrait, cette rive
où l'on est attendu, où l'on doit attendre près de Dieu les
réunions définitives. C'est dans ces sentiments, et avec une paix
complète, qu'il vécut ses derniers jours. La mort vint sans se-
cousse, le samedi 15 janvier, vers deux heures de l'après-
midi, après une semaine de maladie. Sa fin fut ce qu'avait
été sa vie, grande et simple, douce et ferme.

TABLEAU CHRONOLOGIQUE

DES

PRINCIPALES PUBLICATIONS DU BARON A. DE RUBLE,

MEMBRE DE L'INSTITUT.

———

1864.

Commentaires et lettres de Blaise de Monluc, maréchal de France. Paris, Renouard, in-8°, t. I.

1866.

Commentaires et lettres, etc., t. II.

1867.

Commentaires et lettres, etc., t. III.

1870.

Commentaires et lettres, etc., t. IV.

1872.

L'armée et l'administration allemandes en Champagne. Paris, Hachette, in-18.
Commentaires et lettres, etc., t. V et dernier.

1873.

Le comte de Lurde, dans le *Bulletin du bibliophile,* 1873, p. 97 sq.

1874.

Le comte de Lurde, suite, dans le *Bulletin du bibliophile,* 1874, p. 209 sq.

1875.

Notice biographique sur le comte de Lurde, suivie du catalogue de sa bibliothèque. Paris, Lahure, gr. in-8°.

1877.

Mémoires inédits de Michel de la Huguerye, publiés d'après des manuscrits autographes, t. I. Paris, Renouard, in-8°.
Le mariage de Jeanne d'Albret. Paris, A. Labitte, in-8°.

1878.

Mémoires inédits, etc., t. II.

1879.

Notice des principaux manuscrits et imprimés qui ont fait partie de l'exposition de l'art ancien au Trocadéro. Paris, Techener, in-8°.
Discours prononcé à l'assemblée générale de la Société de l'histoire de France, le 6 mai 1879. Paris, Renouard, in-8°. (Extrait du *Bulletin de la Société de l'histoire de France.*)

1880.

Mémoires inédits, etc., t. III et dernier.
François de Montmorency, gouverneur de Paris et lieutenant du roi dans l'Île-de-France, 1530-1579. Paris, Champion, in-8°. (Extrait des *Mémoires de la Société de l'histoire de Paris et de l'Île-de-France.*)

1881.

Antoine de Bourbon et Jeanne d'Albret, suite de *Le mariage de Jeanne d'Albret,* t. I. Paris, Labitte, in-8°.

1882.

Antoine de Bourbon, etc., t. II.

1883.

Le duc de Nemours et Mademoiselle de Rohan, 1531-1592. Paris, Labitte, in-8°.

1885.

Antoine de Bourbon, etc., t. III.

1886.

Antoine de Bourbon, etc., t. IV et dernier.

L'arrestation de Jean de Ham et le tumulte de Saint-Médard, décembre 1561. Paris, Champion, in-8°. (Extrait du *Bulletin de la Société de l'histoire de Paris et de l'Île-de-France.*)

Histoire universelle, par Agrippa d'Aubigné, t. I, Paris, Renouard, in-8°.

1887.

Paris en 1572. Paris, Champion, in-8°. (Extrait des *Mémoires de la Société de l'histoire de Paris et de l'Île-de-France.*)

Histoire universelle, etc., t. II.

1888.

Documents inédits sur la guerre civile de 1562 en Berry. Bourges, in-8°. (Extrait des *Mémoires de la Société des Antiquaires du Centre.*)

1889.

Le traité de Cateau-Cambrésis, 2 et 3 avril 1559. Paris, Labitte et Paul, in-8°.

Histoire universelle, etc., t. III.

1890.

Histoire universelle, etc., t. IV.

Le Colloque de Poissy, septembre-octobre 1561. Paris, Champion, in-8°. (Extrait des *Mémoires de la Société de l'histoire de Paris et de l'Île-de-France.*)

1891.

La première jeunesse de Marie Stuart. Paris, Ém. Paul, L. Huart et Guillemin, in-8°.

Histoire universelle, etc., t. V.

Discours prononcé à l'assemblée générale de la Société de l'histoire de Paris et de l'Île-de-France le 12 mai 1891. Paris, Champion, in-8°. (Extrait du *Bulletin de la Société de l'histoire de Paris et de l'Île-de-France.*)

1892.

Histoire universelle, etc., t. VI.

1893.

Discours prononcé à l'assemblée générale de la Société des anciens textes français, le 22 décembre 1892. Paris, Firmin-Didot, in-8°. (Extrait du *Bulletin de la Société des anciens textes français*.)

Histoire universelle, etc., t. VII.

Mémoires et poésies de Jeanne d'Albret. Paris, Ém. Paul, Huart et Guillemin, in-8°.

1894.

Journal de François Grin, religieux de Saint-Victor de Paris, 1554-1570. Paris, Champion, in-8°. (Extrait des *Mémoires de la Société de l'histoire de Paris et de l'Île-de-France*.)

1895.

Histoire universelle, etc., t. VIII.

1897.

L'assassinat de François de Lorraine, duc de Guise, 18 février 1563. Paris, Ém. Paul, L. Huart et Guillemin, in-8°.

Jeanne d'Albret et la guerre civile, suite de *Antoine de Bourbon et Jeanne d'Albret*, t. I. Paris, Ém. Paul et fils et Guillemin, in-8°.

Histoire universelle, etc., t. IX. (Le tome X et dernier, préparé sous la direction du baron de Ruble, contient les tables: il est sous presse.)

www.ingramcontent.com/pod-product-compliance
Lightning Source LLC
Chambersburg PA
CBHW061609180626
46818CB00005B/2016